企业商业标识设计

环境视觉标识设计

HUANJING SHIJUE BIAOSHI SHEJI

编 著/喻湘龙 董 茗

广西美术出版社

L.A. PUB
BLUE GIRL
mömax
Sieht doch gleich besser aus.
Eingang
ARBÖ
coop
142⁰
148⁰
151⁰
pronto
Meeting Point
ibis
ACCOR hotels
€ 75,00
BigTasty
H&M
BEAUTY KISS
Samsonite
ptt
Carrefour
NOVOTEL
ACCOR hotels
CALTEX
KENWOOD
KENWOOD
MK
RESTAURANTS
IN IHREM KAFFEEHAUS
PCCW
mercure
ACCOR hotels
KOBLENZ
Restaurant
"Rhapsody"
AUTOGRILL
Marriott

序

2004年夏，当我漫步在泰国街头的时候，就萌发了编著这本公共标识设计的参考用书的计划，并亲自飞赴欧洲各大都市，深入欧洲各国城市的大街小巷，收集各种公共环境标识的精彩设计，并加以分类整理编排、分析介绍，以期能与读者分享， 并对视觉传达中标识设计工作有所帮助。

城市，真是一个充满活力的地方，都市形象魅力的塑造，离不开视觉传达设计中标识设计这一领域，人们对城市的认识除了在对建筑形态上的感观外，另一个重要的因素就是通过标识来熟悉城市中的建筑物。同样，在建筑物的内部向众人展示楼层的分布、各类出口的指引等等，也是通过标识来让众人熟悉的。现代建筑空间越来越大，标识在引导人们的空间活动中所起的作用也日趋重要。特别是大型公共建筑的建设，如机场、铁路、码头、大型商场等都需要高水准的专业标识设计队伍来为这些建筑物量身打造设计方案，使城市导向系统易于识别，建筑物的功能性更加明确地展现在公众面前。难以想象在一个没有标识的城市或建筑物里，人们怎样工作与生活。

一个良好的公共标识设计体现着这个国家国民艺术的涵养。标识使建筑物不再单调，艺术化的建筑标识更为建筑物添加了新的活力，无论你身处何地，整齐有序的导向性标识系统在城市中处处指引着方向，艺术化的标识承载着智慧和文化，传递着一个个美的细节，不断地冲击着我们的视觉感受。

本书专为从事标识设计的工作伙伴或正在学习的同学们作实例介绍，从色彩鲜明的主题公园标识系统、设计新颖的主题公园标识，到明快而现代的国际机场标识、酒店标识、加油站标识……这些人性化、生活化的设计艺术，在本书中均有详细的介绍，这些艺术化的标识在欧洲街头俨然成为实用性与艺术性兼具的城市雕塑，令人赏心悦目。通过这些国际大都市的标识设计案例，希望朋友们在标识设计中有所启发，将传统文化融人现代设计理念中，创建一个充满活力的具有艺术魅力的现代都市。

QIYE SHANG YE

目 录

6 .... 企业和商业标识设计

7 .... 加油站标识设计

8 .... 欧洲加油站

22 .... 泰国加油站

26 .... 香港加油站

29 .... 商业招牌标识设计

30 .... 香港商业标识

BIAO SHI SHE JI

40 ································ 泰国商业标识

50 ································ 欧洲商业标识

106 ······························ 酒店标识设计
108 ······························ 欧洲酒店标识

126 ································· 企业标识

企业和商业标识设计

VI是一个企业的视觉传达设计，是企业理念的具体化和视觉化，而标识设计又是VI的一个重要组成部分。从一个国家商业标识发展可以看出它的经济发展。商业街的改头换面，标识广告看板的提升品牌形象、改进设计风格与品质，无不体现一个城市的繁荣。

标识设计是为了建设优美的城市景观，商业标识的形式在环境设计中占有极其重要的地位。许多国家政府对于商业招牌的设置都有严格的法律规定。广告看板、广告招牌在结构安装上都需事先申请，经政府部门规划同意方可安装。我们有的城市就未能注意到这一点，很多建筑由于各种招牌及广告牌等混杂其间，甚至淹没了其建筑原貌。这种做法虽然可以产生一定的经济效益，但是却严重影响到城市景观及旅游的发展。为了避免标识本身给城市景观带来的负面影响，政府规划部门应加强统一管理，设计师必须精心设计。

商业标识在为满足视觉上容易识别这一基本条件，必须充分探讨标识的尺度、位置、色彩及材料等物理构成，然后进行规划。商业标识的尺度值则因具体标识的形状等而有所不同，并非求大，因此针对各类顾客的需求进行规划时，应充分考虑商业标识所具有的环境公益性及重要性等问题来进行探讨研究。

企业和商业标识设计

加油站标识设计

8 欧洲加油站

22 泰国加油站

26 香港加油站

欧洲加油站

在国外，由于汽车、道路的高度发达，加油站及快餐店成为重要的商业活动，标识的设计也相对成熟。我们将国内加油站的标识与国外的进行比较，发现国内加油站标识形式过于程式化，材质设置也十分单一。国外的标识整体性设计比较强，变化较多。

一加油站所设置的大型品牌及导向标识，设计风格及材质独特新颖，整体性强。

Agip

Agip

10
FAI DA TE

coop
city
coop city

coop
coop
142
148
151
pronto

coop
coop
coop

coop
pronto
Frisco
Extreme

coop
142
148
151
pronto
Frs.
2
coop

一些加油站设有许多方便顾客的设施。

加油站竖立的组合式内发光标识，在夜晚很醒目。

竖立在加油站区域内的设计多样化的各式导向标识及介绍看板，是加油站景观的重要设施。

各种形式的加油站综合标识牌。

设置在加油站旁洗车场的设施标识。

16

AXXE
RESTAURANT
„Grill-Teller" 7,50
P
AXXE
RESTAURANT

l'arche
CAFETERIA
24h sur 24
SHOP PRESSE CADEAUX

l'arche
CAFETERIA
PAUL
Oui Shop
RELAY
BOUTIQUES
GALERIE COMMERCIA

AXXE
RESTAURANT

Guten Appetit!
„Grill-Teller" 7,50

bienvenido benvenuto
welcome
bienvenue
willkommen
l'arche
CAFETERIA
PAUL
OuiShop
Boutique
RELAY
Toilettes
Espace
enfants
Distributeurs
de billets

设置在加油站旁快餐店的各式标识，标识形象材料丰富多彩。

许多加油站还有自选商店。

意大利加油站内的大型广告看板、广告牌在结构上创新而实用。

HALLE BERRY
CATWOMAN
TOTAL

Con SKY
il Decoder
Digitale è gratis:
Chiama 199.100.900
SKY

PUNTOblu
VALLEVERDE
EURONICS
P
BenEssere
autostrade per l'italia

WC

ARBÖ
Prüfzentrum
Zielpunkt

加油站内及周边人性化的设施图例和使用说明标识。

泰国加油站

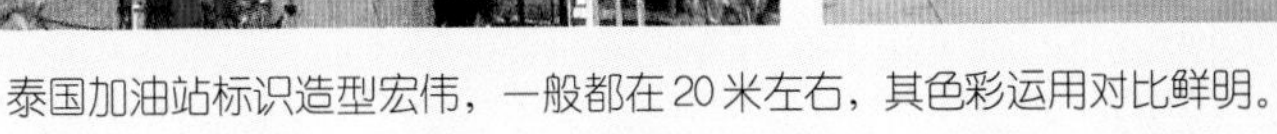
泰国加油站标识造型宏伟，一般都在 20 米左右，其色彩运用对比鲜明。

JET
Jiffy
ConocoPhillips
14.56
ดีเซล สุพรีม
18.56
เอ็กซ์ตร้า ไร้สาร 91
19.36
อัลติเมท ไร้สาร 95
เก็บภาษีมูลค่าเพิ่ม
จากมิเตอร์หัวจ่าย

JET

ยินดีรับบัตร
VISA
VISA Electron
JET

Jiffy
SHOP
เอ็กซ์ตร้า
อัลติเมท
ดีเซล
Jiffy

Jiffy
SHOP
ดีเซล
อัลติเมท
เอ็กซ์ตร้า
Castrol

加油站旁品牌商店的各式标识。

香港加油站

设在都市内的加油站标识及设置指引标识。

商业招牌标识设计

30 香港商业标识

40 泰国商业标识

50 欧洲商业标识

香港商业标识

香港各大商场大门正面大型品牌标识及广告招牌，招牌形式多种多样。

市区内各式灯箱标识招牌。

购物中心橱窗海报及招牌标识。

一些内部竖立及悬挂的各种设施、灯箱、看板标识。

ROLEX
ZURICH WATCH CO.
GIORDANO
Watsons

R.A.K.
CERAMICS
昌盛集團
Summer SALE
SALE
大門
達廚

购物中心内外各式标识。

雞仔喽
CHICKS
本大廈①樓
~H2O+

SmarTone

小城故事
Take A Break

PCCW
電訊盈科
now
網上行

one
Free
One2Free

AEON
CREDIT SERVICE
AeON-SPOT™
www.aeonspot.com

Budweiser
MANCHESTER UNITED
Future

OK便利店
24小時營業
Open 24 Hour

Budweiser

香港国际机场内各式商业品牌标识牌。

商业街不同行业的门面及橱窗标识的设计形式多样，风格各异。

紅蘿蔔

桃酒
Peach

雋寧閣
TSUN NING COURT
No. 25 La Salle Road

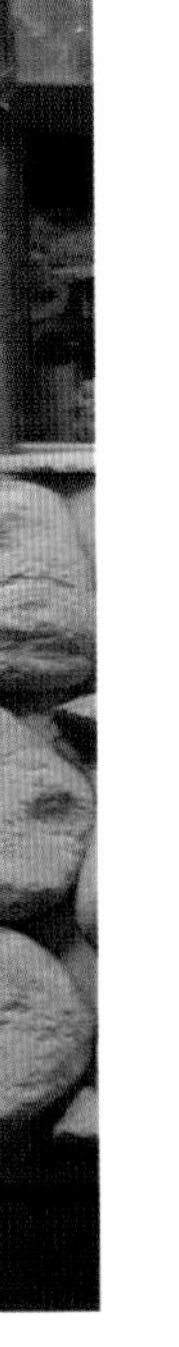

TOMMY JEANS
tommy girl

b+ab
CIRCLES

泰国商业标识

Shell autoserv
ศูนย์บำรุงรักษารถยนต์
MAX
YUASA BATTERY
GOODYEAR
BRIDGESTONE
KYB
Bendix Brakes
เปิดบริการทุกวัน
MAX PRO
ARRIVA
MICHELIN
MAX LOAD PLUS
RIKEN

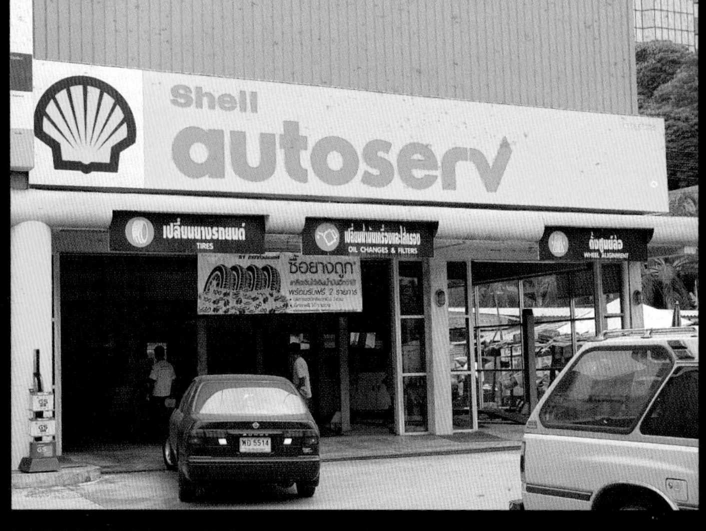
Shell
autoserv
เปลี่ยนยางรถยนต์
TIRES
OIL CHANGES & FILTERS
ตั้งศูนย์ล้อ
WHEEL ALIGNMENT
ซื้อยางถูก

Shell autoserv
ศูนย์บำรุงรักษารถยนต์
MAX PRO
MICHELIN
LOAD PLUS
Shell autoserv
autoserv
MAX

TESCO
Lotus
เอเชียเน็ท:
อินเทอร์เน็ต
จาก ทรู
ให้คุณมากกว่า
0-2900-9000 กด 3
ASIA
true

TESCO
Lotus
KFC
Pizza
MK

TESCO
Lotus
ทางออก
OUT

商场外大型广告看板及商场标识。

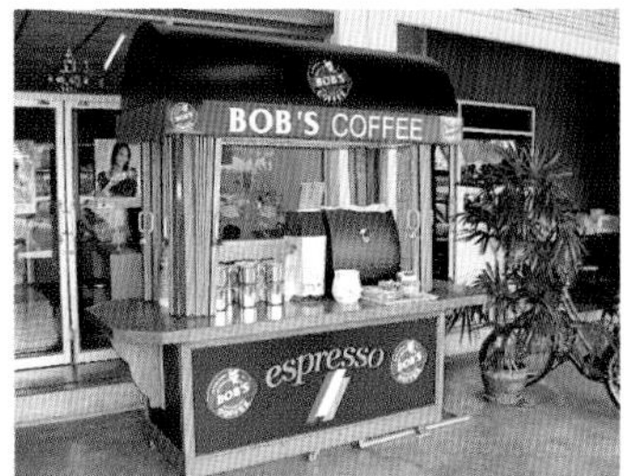

具有泰国特色的悬挂及活动式餐饮服务标识。

各式商业标识及广告看板。

大门外悬挂的灯箱标识及广告看板

เชสเตอร์ กริลล์
CHESTER'S
GRILL

ธนาคารทหารไทย จำกัด (มหาชน)
บริการบัตรเงินสด
ATM

Gecko
Lighting

Captain
Colors
EXPRESS
CENTER
ผู้นำตลอดกาล
เฮ้งซุ่ยเส็ง
สี หิน ทราย ปูน
เครื่องมือช่าง ประปา

Oh! Juice

เบียร์
ช้าง
BEER CHANG
Beer Chang
ห้องอาหารราชนาวีสโมสร
เปิด 10.00-22.00 น. ทุกวัน

商场内外各式品牌产品的广告看板很醒目。

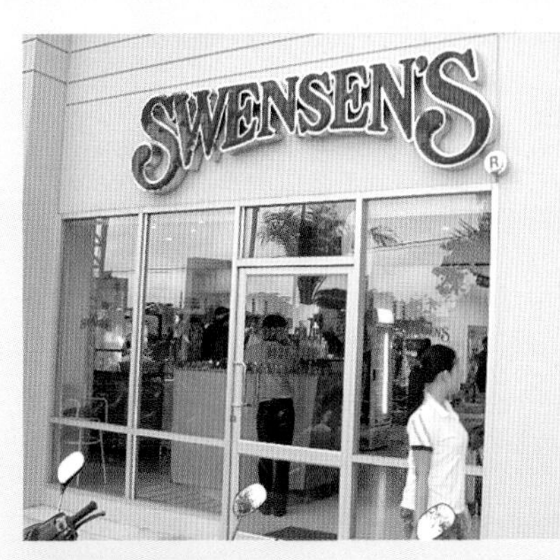

LUCIFER
DISKO-TK

PURE GEMS
QUALITY JEWELERS
ELEGANT'S FASHION
HOOTY'S

7
ELEVEN
24
PATTAYA
SHOES

泰国商业街夜景。

小型快餐店品牌形象标识整体
便顾客。

欧洲商业标识

汽车购买商店标识形式丰富多彩。

品牌超市外标识、运输工具车体广告及广告看板。

EINGANG
Adler
Ihr Modemarkt
RESTAURANT
turbo!schuh
GLS
General Logistics Systems
SYSTEMZENTRALE

Adler
IHR MODEMARKT
Hosen
Parade!

jello
SCHUHPARK

jello

jello
SCHUHPARK

jello
Takko
kik

Takko

Takko

Takko FASHION
Takko FASHION
Takko FASHION
jello
jello
jello

超市标识形式的多样化，多角度地吸引人们的目光。

宜家家居超市户外标识，彩色而明显的标识，吸引人的注意力。

家居超市内各式导向及价目标识，方便客人进店。

BUFFALO

BUFFALO
Das Steakhaus.

LUXEMBOURG
Pharmacie

很有装饰性的店面标识。

Pharmacie
EGO

EGO

1822

1822

RG

RG
RINGSTRASSEN
GALERIEN
Wiener Spaziergänge
Meeting Point
RINGSTRASSEN
GALERIEN
> > >
RG
RINGSTRASSEN
GALERIEN

59

HIFI International
HIFI INTERNATIONAL
HIFI International
centre
LOUVIGNY

HIFI International

一些大厦公寓楼层索引标识。

ÉTABLISSEMENT RECOMMANDÉ
2 A
4e ETAGE
2e ETAGE
EUROTANK
G.m.b.H.
INTERNATIONAL BANKERS FORUM
LUXEMBOURG
1er ETAGE
CHAINE DES ROTISSEURS
1248 - 1950
2004
EURO-TOQUES
1991
ANCIEN ELEVE DU
LYCEE TECHNIQUE HOTELIER
"ALEXIS HECK" DIEKIRCH
G.D. DE LUXEMBOURG

25
KLINGERSTRASSE
RECHTSANWÄLTE
4. Etage
Elif Pinar
Rechtsanwältin
Tel.: 069-133847-0
4. Etage
P & B Consulting
Tuval Textilhandel

SCHWANENPLATZ 4
SwissLife
Heller & Co
Heller Anwaltskanzlei
Dr. med. dent. Markus Achermann
Dr. med., med. dent. Matthias Kellenberger

1. OBERGESCHOSS
2. OBERGESCHOSS

61

Gerbergasse 1
4 Fuss Praxis Schwanen
Podologie / med. Fusspflege
4 Orthopädie Schwanen
M. Malgaroli & Th. Werne
3 A&B Treuhand AG
2 Serimo Immobiliendienste AG
1 Dr. med. dent., M.A.
Hans H. Jans, Zahnarzt
Eine Liegenschaft der MAG

Geigenbau A. Maissen
5. Stock
Dr. med. Johannes A. Häuptli
Spezialarzt FMH für Chirurgie
4. Stock
Dr. med. Christoph Thür
FMH Chirurgie
4. Stock
SOS zahnärzte
3. Stock
BELLEVUEPRAXIS
Dr. med. E. Pollakis
Bellevue Apotheke
Erdgeschoss
Stock/Etage/Floor

FIRMUNGSTRASSE 4-6
3-4. OG
Zeller Nitschke Schwarzburg
RECHTSANWÄLTE
TENOS
nutricine
Medizinische Ernährung.
Nahrungszufuhr sicherstellen
Sondennahrung - Enterale Ernährung - Trinknahrung
Servicetelefon: 0261 - 301 12 10
Geschäftsleitung
STEUERBERATERIN DIPLOM-KAUFFRAU (FH)
STEUERBERATER
Simone Linz
Herbert Linz

Seidenhofstrasse 2
5.OG
SwissLife
3.OG
3.OG
3.OG
3.OG
qualityconsult ag
3.OG

MANUFAKTUR FÜR ELEKTROSTATISCHE LAUTSPRECHER
INDIVIDUELLE WOHNRAUM BESCHALLUNG
www.QUAD-MUSIK.de
www.ManfredStein.de

Münzplatz
2
Th. Erdmann
Taj Mahal
C. Knoblauch
Borning/ Heinrichs
I. Lauer
S. Fischels
U. Keiser
C.Duck/ W. Boos
G. Einschell

BARMER
1. Etage
THANH - HOA
Foto-Klein
Dr. Axel Wirtz
Dr. Armin Peeronboom
Kinderärzte
Josef Hoefler
Michael Hürth
Wulf Köhler
Rechtsanwälte
Dr. med. Sybille Weiß
Frauenärztin
Eingang durch die Passage
Reinigung
City Wäscherei

ENZO RIZZATO
FRISEURE
LUCIA RIZZATO
KOSMETIK
Tel. 91 39 51 82
1.Stock
Dr.med. Jörgen Ter-Nedden
Hautarzt
Allergologie
2. Stock
PETERMANN

PRIMETEC
—31—
Teksid Aluminum Luxembourg
Teksid Aluminum

形式多样的招牌，引人入胜。

各种老店采用古典装饰纹样来设计招牌，在欧洲一些古老城市街区到处可见，与环境很协调。

保持国家传统文化也是欧洲城市的魅力所在。

商业街不同行业的门面及橱窗各有不同风格的标识设计。

H&M

STADA
STADA Arzneimittel
citibank
Berlitz
Berlitz
citibank
citibank

H&M

citi

citibank

H&M

BNP PARIBAS

Dresdner Bank
Die Beraterbank
Filiale
Am Zentralplatz

BNP PARIBAS
BANQUES ET ASSURANCES
BANQUE ET ASSURANCES
AGENCE
PARIS CHAMPS-ELYSEES

Dresdner Bank

BNP PARIBAS
di
Roma
A

银行的整体形象标识。

德国电信公司整体形象标识设计。

VIVA

OMV
OMV
VIVA
Snack
Snack

Pizza Hut

Pizza
Hut

Centro Commerciale
Feronia
Cineplex
CENTRO
Giotto
Elettronica-Elettrodomestici
Sport'85
CINEPLEX
INGRESSO

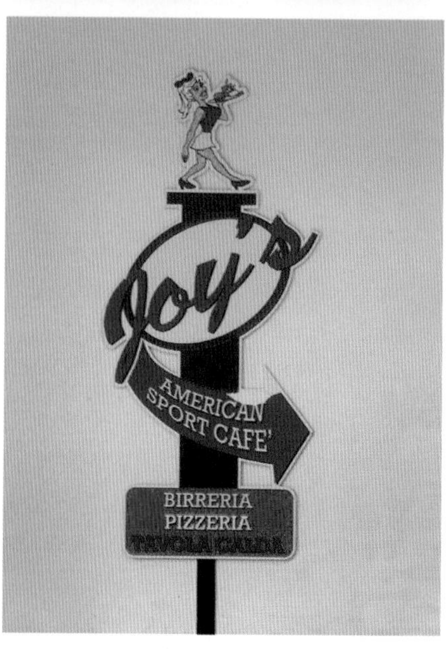
Joy's
AMERICAN
SPORT CAFE'
BIRRERIA
PIZZERIA

ENTREE
CATHARINA HOEVE

Der Idiotenduner
am Kapuzinertheater

Dai spazio
alla tua
immagine
06/41237440
www.apitalia.it
Il Feronia
ENTRATA
PARCHEGGIO

Banana Butterfly
ESSELUNGA
Famosi per la Qualità

Das Geheimnis
des feinen Backens.

La pubblicità
fa diventare
grandi.
www.apitalia.it 06.4123740

SIX

Yves Rocher
1,80
NEU

Yves Rocher

ackpot
LOTTO
Alles ist möglich.
österreichische
LOTTERIEN

BIG net.cafe
zone.
internet
photoscans.printing.
desktop-publishing.office2000.

具有一定时代感的文字设计及造型设计招牌。

商店门前的标识招牌及橱窗的海报说明色彩清新醒目。

Pimkie

Pimkie
Pimkie

JUWELIERE
CHRIST
UHRMACHER
swatch
GUCCI

CHRIST
RADO

75

e·plus
SMS
tacom
T··Mobile·
e·plus+
O2 can do
vodafone
the resident mobile master

Samen-Andreas

coin

olivetti

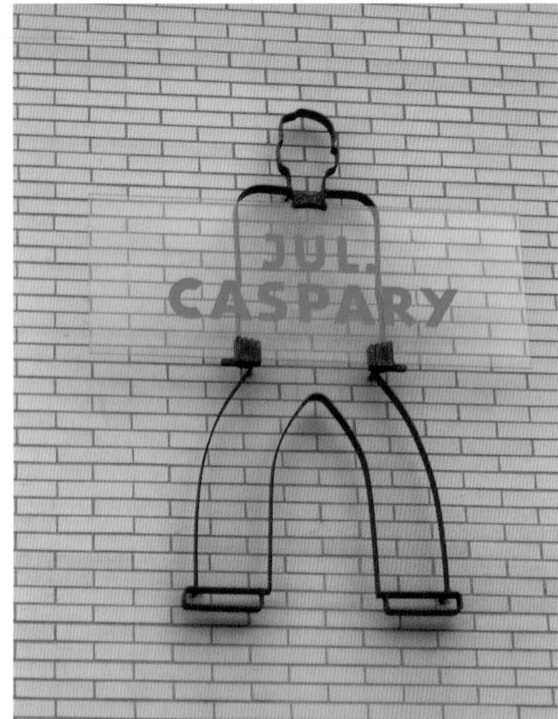
JUL.
CASPARY

F
FOSTER'S

LACOSTE

ROTARY
INTERNATIONAL
ROTARY
FLAMINIA
ROMANA
CLUB
DISTRETTO 2080

在欧洲各国的城市街道中，常能见到根据街道古老传说、逸事，用象征等手法创作的纪念性雕像及标识，这些都是作为街头标识来表现的。

Gazelle

STIEFELKÖNIG

mobilier
BONN

PIZZA
CORTE SCONTA
CUCINA

TRISPORTS

es Verkehrsbüro
VERKEHRSBÜRO

在欧洲古老的街道上表示营业内容的店铺标识大多时髦、别致，在注重各自特色的同时演绎出独具魅力的街道景观。我们也希望在我国城市建设中能让广大市民体味到不同的地域特色，同时应该从环境的各个角度来考虑表现地方个性的标识。

DEVK
VERSICHERUNGEN
Automobil-Club-Verkeh
City Center Reisebüro Fren
FRENZEN
Rail tickets
Fahrkarten
airtours

BANKER'S
BANKER'S
Gaffel
CAFE RESTAURANT
BAR

SOUVENIRS +
GESCHENKE
ZWILLING
J.A. HENCKELS

IMMOBILIEN-CENTER
Therapie-Zentrum

SPIEL-IN
Die neue Welt der Spiele
SPIEL-IN

MANGO
Sinn

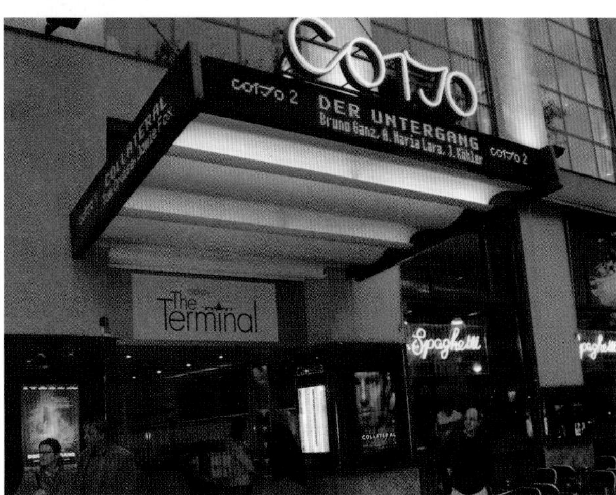

商店门前的标识招牌及营业项目表，简洁清新，风格给人印象深刻。

Top-Wash
kik

kika
kika

OPEL D'EGIDIO
OPEL D'EGIDIO

FRESSNAPF
FRESSNAPF
FRESSNAPF

NISSAN

NISSAN

人们常见的交通工具上除了车体本身的色彩亮丽以外，两侧车体上绘制的各种企业形象及广告、海报，构成另一种视觉艺术景观。

形式多样的企业门前标识牌。

VENTE DE PRALINES BELGES
LEONIDAS
CONFISERIE ROMAKA
VENTE DE PRALINES BELGES
LEONIDAS
CONFISERIE ROMAKA
CONFISERIE
ROMAKA
SCHUSCHA
WMF

3
Store
Uhren

eram
eram
eram

eram

5àSec

Perosa

ligne roset

L'Océan
RESTAURANT

BRIOCHE DOREE
Café
BRIOCHE DOREE
Café
MONTEREY

C&A

Feeling

AVANCE

PAWLATA
KERAMIK
EDUARD PAWLATA

Clown
Bodyguard
Du bist alles für mich. Danke dafür!
Am 4. Oktober ist Welttiertag
Pedigree
whiskas
Sinn Leffers

Big Nilles
Big Nilles
Big Nilles
Mehr Mann, mehr dran
Big Nilles
Big Nilles
Übergrößen
Übergrößen
Übergrößen
Übergrößen

EDELSTEIN-TRUHE
• Ketten
• Armbänder
• Drusen
• Trommelsteine
• Rohsteine
• Heilsteine
Die Welt der Edelsteine
Edle Geschenke
EDELSTEIN TRUHE
Edle Geschenke
Ketten • Armbänder • Drusen • Trommelsteine • Rohsteine • Heilsteine

OPTIK
LANGHARDT
NORDSEE
H&M

B&S
Bildung und Soziales e.V.
JOBCLUB U'25

FEUERZEUGE dunhill PFEIFEN
PIPE HOUSE
PIPE HOUSE

BG
BUCHHANDLUNG
Heimes

配有卡通形象的招牌非常有趣。

LOTTO

A SOUND
VICTOR 3D
SUBTITLING CO
NOZON
ACE DIGITAL HOUSE

bp
700 m

Hotel
Sofitel

与墙面垂直的直式招牌是最具典型的标准商店招牌。

利用柱子竖立的招牌非常配合景观。

利用物体造型进行设计的招牌具有质感而引人人胜。

ade Quat
immobilier.

BÜCHER
KÄRNTNER
BUCH
HANDLUNG
GU GU

25c

KÄRNTNER
BUCH
HANDLUNG
KÄRNTNER
BUCH
HANDLUNG
MUSIK
RELIGION

EMPORIO
ALCATRAZ
il biologico
a prezzo logico

Chopard
Urner

93

PALMERS
90 Jahre Palmers

CAFE KONDITOREI
WIENERROITHER

PLAYLIFE
KILLER LOOP

BAR
SNACK BAR

Alitalia

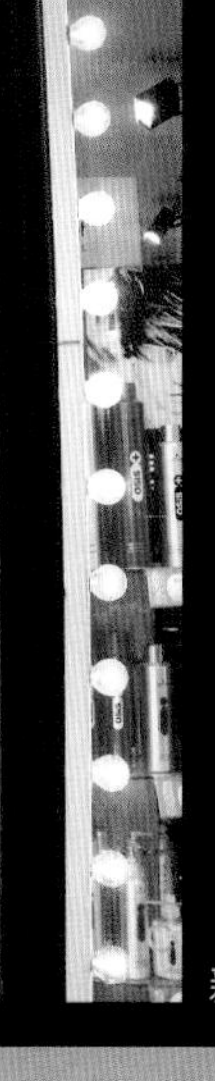

商店内的招牌及营业项目表，色彩清新醒目。

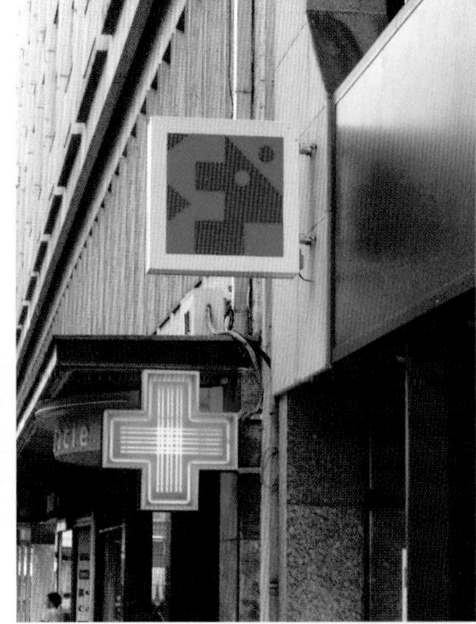

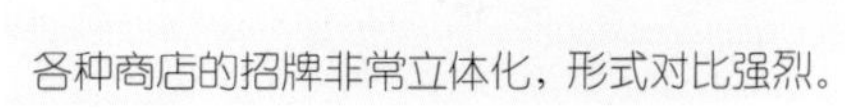

各种商店的招牌非常立体化，形式对比强烈。

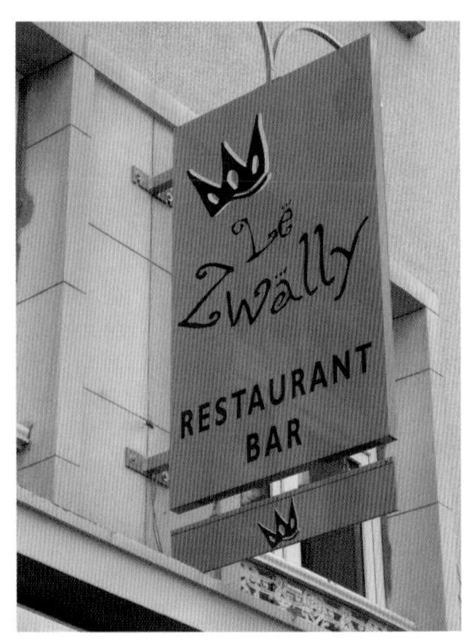

Fund market
UN JOUR AILLEURS
KINOS
HAUPTWACHE
EDEN ELITE
ESPRIT 1
Bijou Brigitte
EUROPA
ESPLANADE 1
ESPLANADE 2
ELYSEE 1
ELYSEE 2
ESPRIT 2
ELYSEE 1 DIE KÜHE SIND LOS THE VILLAGE - DAS DORF
EUROPA GIRLS CLUB COLLATERAL
ESPLANADE 1 DER UNTERGANG
ESPLANADE 2 PLÖTZLICH PRINZESSIN
EDEN T RAUMSCHIFF DIE KINDER DES MONSIEUR MATTHIEU
ELYSEE 2 GARFIELD RESIDENT EVIL APOCALYPSE
ESPRIT 1 SOMMERSTURM MIFFO
ESPRIT 2 ZWEI BRÜDER 30 ÜBERNACHT
ELITE LAURAS STERN HELLBOY
donau

RELAY
KitKat
KitKat
KitKat
Have a KIT KAT.
A GAGNER
150 DVD et 150 VHS
Polly et Moi
ON SALE
HERE !
THE WALL STREET JOURNAL EUROPE
Global Business News For Europe.

CALIDA
SWITZERLAND
CALIDA
SWITZERLAND
CALIDA
SWITZERLAND
CALIDA
SWITZERLAND
CALIDA
SWITZERLAND
CALIDA
SWITZERLAND

randstad

Randstad Uitzendbureau
Paulus Potterstraat 22-24
Randstad Rentree
Openingstijden
maandag t/m donderdag 8.30 – 17.30 uur
vrijdag 8.30 – 18.00 uur
randstad

tempo-team

tempo-team
tempo-team
MEDICI
tempo-team
IT-FLEX
tempo-team
PROJECTEN
tempo-team
HR SOLUTIONS

立在商业街、十字街口的各式内发光的广告看板，形式规范、造型各异，已成为城市景观重要的设施。也便于城市管理。

一些POP售点广告也是吸引顾客的一种手段。

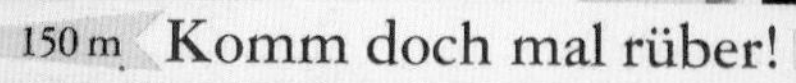

用纸形做的橱窗广告既立体又生动。

形式多样的活动售点广告。

Ciao
RISTORANTE
PRIMO PIANO
FIRST FLOOR
ERSTE ETAGE
PREMIER ETAGE

Centro Commerciale Feronia
PRIMO LIVELLO
LIVELLO TERRA

menu
BigTasty

WIEN
Spiel.
MUSIKVEREIN

DIETER MÜLLER
GANYMÉE ON WATER
DAS PHANTASTISCHE
RESTAURANTTHEATER
AB 21.10. AUF
MS RHEINENERGIE
DUISBURG
KÖLN · MAINZ
BONN · KOBLENZ · DÜSSELDORF
ART 0180-5-2801
WWW.GANYMEE.COM

STRÖER
Schließlich ist
es Ihr Geld.
19 Cigarettes
€ 3,20
NEXT
Next, bitte.
Jetzt auch
als Fine Flavor
NEU
Rauchen
kann tödlich
sein
MEDIAGRILL

103

ERSTE
Change

各种立式灯箱广告招牌。

vodafone
BRAUN

IDRANTE
mesi
Ti sorprende
PRIMO SKY
CINEMA SKY
SPORT SKY
CALCIO SKY
il tuo vecchio
cordless
per noi vale 30€

NUOVO M65: IL MULTIMEDIA
SFIDA LE FORZE
DELLA NATURA
Silk·épil SoftPerfection

TYPIFY
TUTTO
A
€ 5,00

WIND
Ti sorprende sempre.

SALA 1
SALA 2
SALA 3
SALA 4
SALA 5

MÄNNER MODE TRENDS
Nilles

Oktober
VARIETE
maxim
DAY & NIGHT
SUN COMPANY
AMBIENTE
SERVICE
POWER
Bräunungsstudio
VARIETE
HOLLYWOOD
DANCE
GROUPE

spizzico
spizzico
Pugliese
Trullo chi non
la mangia

Christofle

images
du
monde
flottant

酒店标识设计

在欧洲一些城市的酒店里采用图标的表现方式已经非常普及。在人流及物流等往来频繁的星级酒店，仅用单纯的文字语言是难以满足顾客需要的，所以图标得到了有效利用。为了达到从儿童到老人、外国人都能易于理解的标识环境，这种图标可以说是实现国际流行的通用设计的代表性手段。其酒店的标识设计具有很强的整体性。

酒店标识设计

108 欧洲酒店标识

126 企业标识

欧洲酒店标识

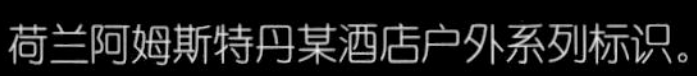
荷兰阿姆斯特丹某酒店户外系列标识。

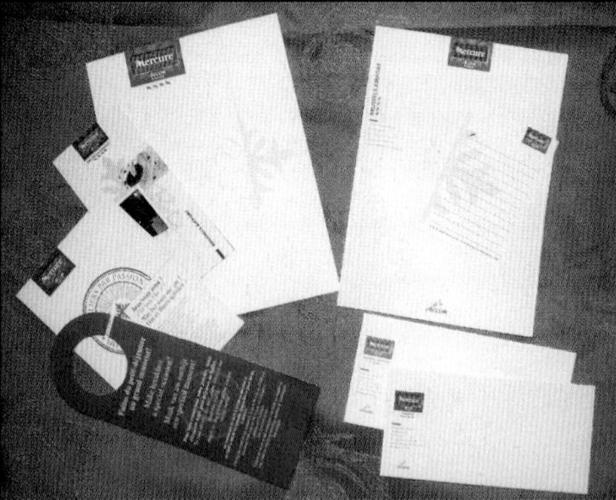

阿姆斯特丹某酒店室内系列标识。

hotel Mercure
Mercure
ACCOR hotels
Koblenz
ACCOR
klimatisiert!

Wunderbare Wochenenden

mercure
ACCOR
hotels
KOBLENZ
Restaurant
"Rhapsody"

德国某酒店户外标识。

BANKETT- UND
TAGUNGSLEITERIN
ANDREA HEGEWALD

3. OG

Mercure
Le Bistro

TAGUNGSRAUM
BURG PYRMONT
Mercure
Burg Pyrmont
dieser Raum hat 60 m²
KOBLENZ

HOTEL
KOBLENZ

室内系列标识。

hotel Mercure

hotel Mercure

比利时一酒店系列标识。

ACCOR

215

Médoc
CARREFOUR

NON SMOKING FLOOR
605 - 617
601 - 604

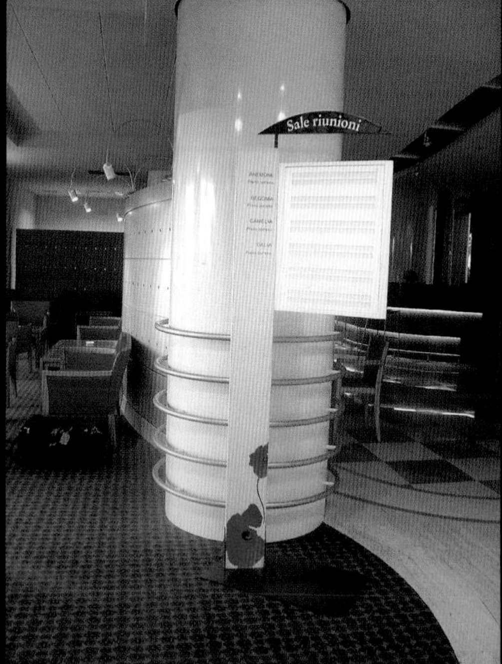

意大利一酒店系列标识。（包括宣传架、留言栏导向、房号及酒店设施等系列标识。）

Ristorante
ibis
ACCOR
hotels

Punto informazioni

Sale riunioni
ANEMONE
BEGONIA
CAMELIA
DALIA

istorante
ibis
ACCOR
hotels
3 Formules

Carta Ibis
Solo vantaggi
Risparmio:
-10% sui vostri soggiorni negli hotel Ibis
Tempo libero:
Notti week-end
gratuite
Accoglienza:
Un'attenzione
particolare
Sicurezza:
La camera garantita
ibis

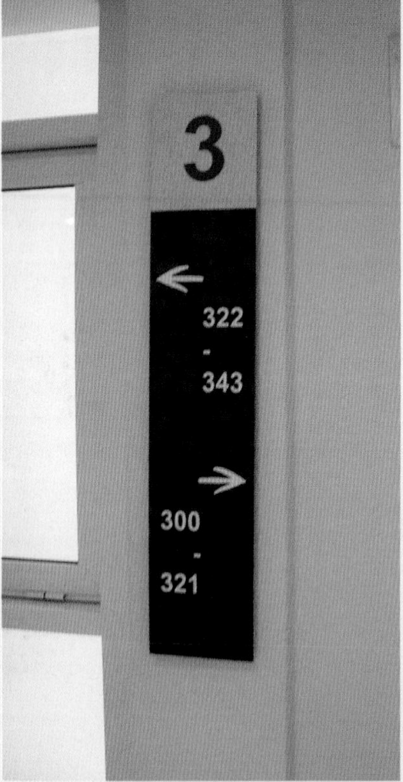
3
322
-
343
300
-
321

Bagagliaio

303

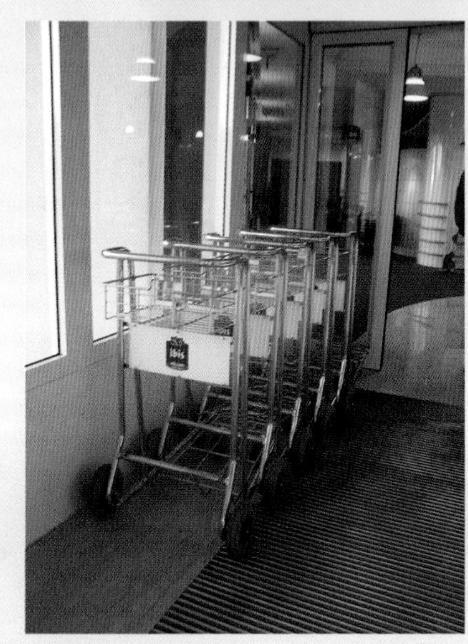

Marriott

Marriott

Marriott
Marriott
Marriott
Marriott

Information

D
Meeting Room D

132

卢森堡一酒店系列标识。

瑞士一酒店系列标识设计。

奥地利维也纳一酒店系列标识设计。

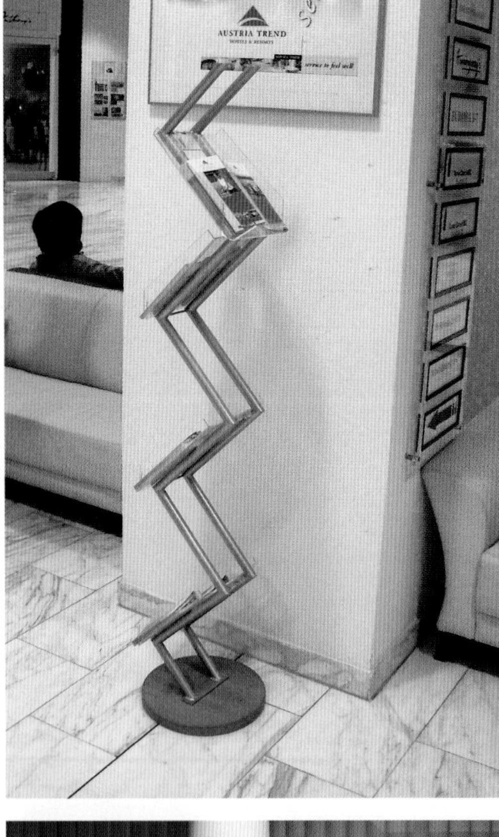
AUSTRIA TREND

EVENT-PYRAMIDE
Hemingway's
EUROPA 1-7
Coca-Cola HBC
Europa 3
Coca-Cola HBC
Austria 1
OASIS
BUSINESS OFFICE
WINTERGARTEN

EVENT-PYRAMIDE
EUROPA 1-3
AUSTRIA 1-4

1002

ZIMMER · ROOMS
133 ~ 164
CARIBIC

AUSTRIA TREND

意大利一酒店系列标识设计。

Giardino - Gazebo
Ristorante
Café - Bar
Telefono
Toilettes
Ingresso
Sportmed FKT Filanda
Ascensore
HOTEL
FILANDA

HOTEL
FILANDA

Sportmed FKT
Filanda
Poliambulatorio Medico
Riabilitazione Ortopedica
Traumatologica Sportiva
Fisiokinesiterapia
Palestra Fitness
Piscina
Sauna - Bagno Turco
Campi Squash

RISTORANTE
San Bassiano
CHIUSO
DOMENICA SERA E LUNEDI
HOTEL
FILANDA

Camere
dal 219 al 234
Camere
dal 201 al 218

卢森堡一酒店外部及室内形象标识设计。

← salons Adolphe/Henri
← salons Guillaume/Philippe
← chambres 203 ... 209
chambres 211 ... 235 →

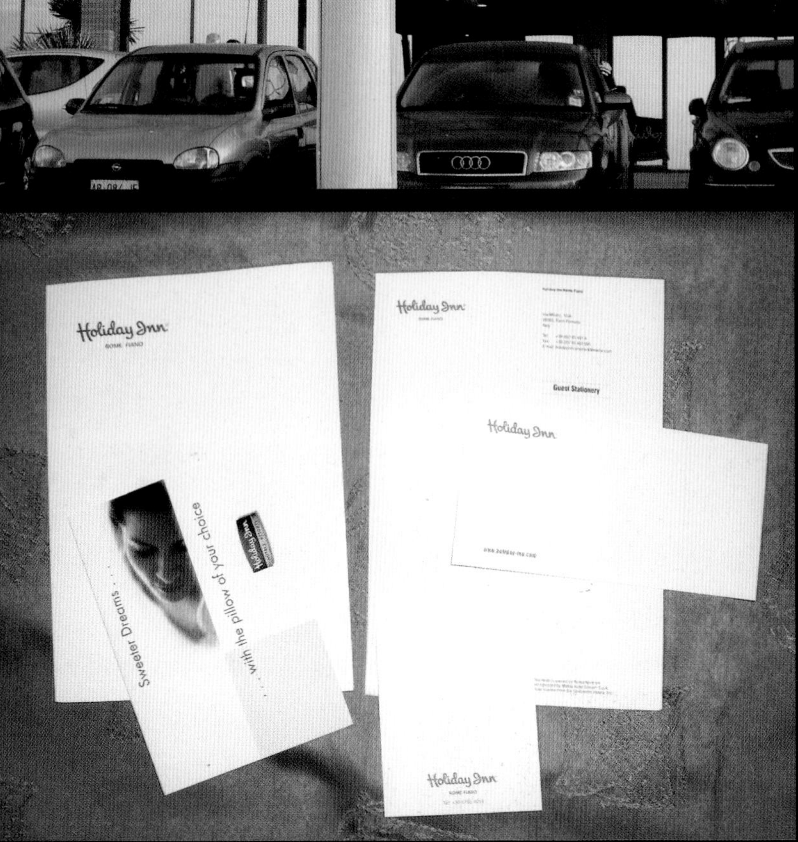

意大利一酒店系列标识设计。

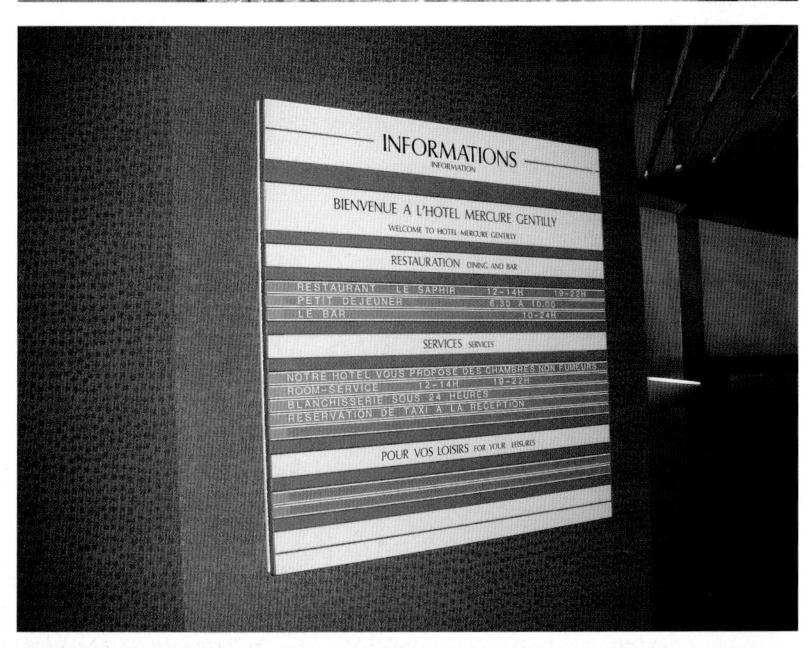

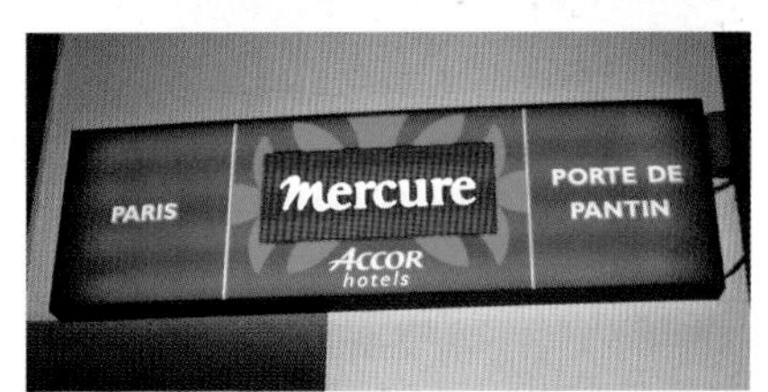

法国巴黎—酒店系列标识设计。

企业标识

日本“KENWOOD”的形象系列标识设计。

日本“KENWOOD”的形象系列标识设计。

日本东京朝仓不动产公司形象标识设计。

美国商场里的史努比标识设计。

美国商场里的史努比标识设计。

日本“索尼音乐制作中心”标识设计。

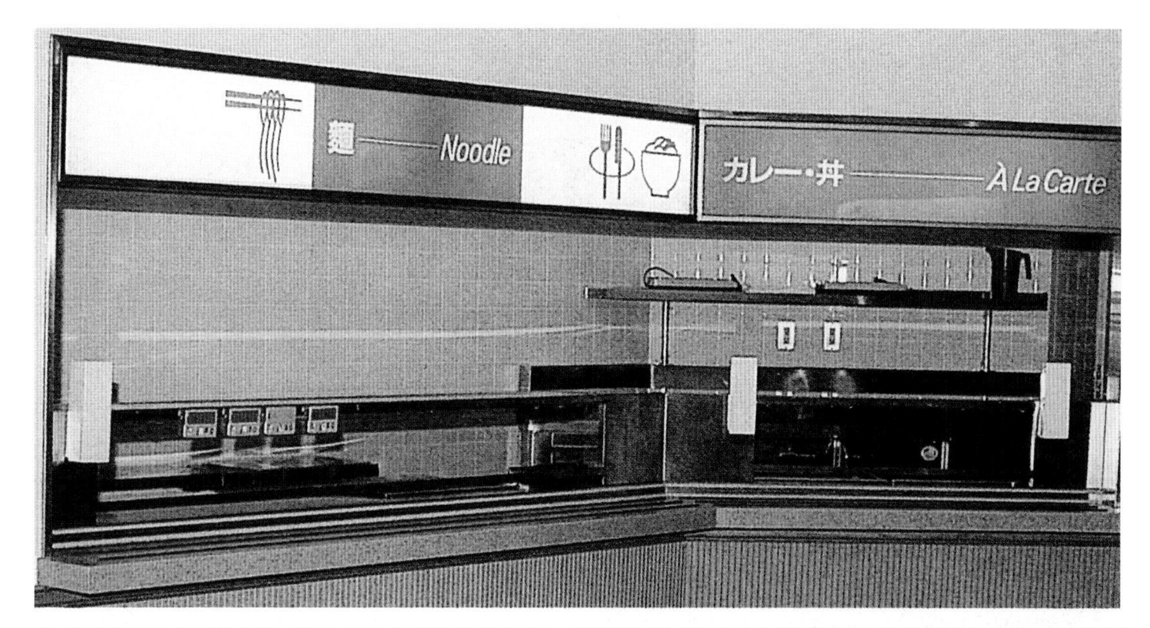

日本“索尼音乐制作中心”标识设计。

ALTEN- UND ALTENPFLEGEHEIM
DER KATH. KIRCHENGEMEINDE

132

api
api
con api si vola !

SEW
EURODRIVE

欧洲公路旁一些企业标识。

麗水灣
麗水灣别墅 Crystal Bay

服务中心
Service Center
网球场
Tennis Court
休闲中心
Leisure Center
销售中心
Marketing Department
商务中心
Business Center
游泳池
Swimming Pool
健身中心
Gymnasium
超市
Supermarket
医务室
Medical Matters
儿童乐园
Children's Playground
壁球馆
Squash court
餐厅
Restaurant

WOMEN

员工中心
麒麟路1栋

商务中心
Business Center

服务台
Service Desk

祥云路

金域假日酒店

卫生间
Toilet
休闲坊
Entertainment Place
Wash Room 收银台
Parking Lot 停车场

广西泛珠财富传媒有限公司

泛珠财富

广西泛珠财富传媒有限公司

深圳市奥维迅科技股份有限公司
广西办事处
SHENZHEN ALL-VISION TECHNOLOGY CO.LTD
GUANGXI REPRESENTATIVE OFFICE

图书在版编目（CIP）数据

企业商业标识设计／喻湘龙，董茗著．—南宁：广西美术出版社，2005.11
（环境视觉标识设计）
ISBN 7-80674-786-9

Ⅰ.企… Ⅱ.①喻…②董… Ⅲ.商标－设计
Ⅳ.J524.4

中国版本图书馆 CIP 数据核字（2005）第 137330 号

主　　编　喻湘龙　陆红阳
编　　委　柒万里　黄文宪　汤晓山　陆红阳　喻湘龙
黄江鸣　黄卢健　林燕宁　董　茗　白　瑾
熊燕飞　李　娟　刘　佳
本册著者　喻湘龙　董　茗
出 版 人　伍先华
终　　审　黄宗湖
策　　划　白　桦
责任编辑　何庆军
责任校对　尚永红　刘燕萍　陈小英
封面设计　余庆清
版式设计　余庆清　刘　佳

丛书名：环境视觉标识设计
书　名：企业商业标识设计
出　版：广西美术出版社
地　址：南宁市望园路 9 号（530022）
发　行：全国新华书店
制　版：广西雅昌彩色印刷有限公司
印　刷：广西地质印刷厂
版　次：2006 年 1 月第 1 版
印　次：2006 年 1 月第 1 次印刷
开　本：889mm × 1194mm　1/16
印　张：8.5
书　号：ISBN 7-80674-786-9/J·546
定　价：49.00 元